MISTER FAUL

Roger Hargreaves

Rieder Bilderbücher

Mister Faul lebt in Dösland. Dort geht es sehr verschlafen und faul zu.

Die Vögel in Dösland fliegen so langsam, dass sie manchmal vom Himmel fallen.

Das Gras braucht so lange zum Wachsen, dass man es nur einmal im Jahr schneiden muss.

Sogar die Bäume sehen müde und schläfrig aus.

Und wisst ihr, wann man in Dösland aufsteht?

„Oh Gott“, stöhnte Mister Faul, dem schon ganz schwindlig war. „Das Holz wischen und die Betten holen und die Böden mähen und die Kohle kochen und die Fenster machen und die Teller flicken und die Möbel hacken und das Gras spülen und die Hecke abstauben und die Kleider schneiden?“

Er hatte alles durcheinander gebracht, so verwirrt war er.

Und dann sorgten Herr Geschäftig und Herr Fleißig dafür, dass Mister Faul zu arbeiten anfing.

Sie ließen ihn hacken, schleppen, wischen, machen, putzen, spülen, abstauben, mähen, schneiden, kochen und flicken.

Vom vielen Bringen und Holen wollen wir erst gar nicht reden.

Der arme Mister Faul!

„Und jetzt“, sagten sie, als er fertig war, „ist es Zeit für einen Spaziergang!“

Und sie brachen auf zum längsten Spaziergang, den Mister Faul in seinem Leben gemacht hatte.

Mister Faul gehört zu den Leuten, die, wenn es irgendwie geht, viel lieber sitzen als gehen und sich am allerliebsten eigentlich gleich ganz hinlegen.

Aber an diesem Tag hatte er keine Wahl. Sie zwangen ihn, Kilometer um Kilometer zurückzulegen, bis er das Gefühl hatte, seine Beine seien um die Hälfte zusammengeschrumpft.

Der arme Mister Faul!

Als sie endlich wieder am Gähn-Häuschen angekommen waren, sagte Herr Fleißig:

„So! Jetzt ist es Zeit für einen Lauf!“

„Oh nein“, stöhnte Mister Faul.

„Wenn ich in diese Trillerpfeife hier blase“, sagte Herr Geschäftig und zog eine Trillerpfeife aus der Tasche, „dann fangen Sie an zu rennen.“

„Und zwar so schnell Sie können“, fügte Herr Fleißig hinzu.

Mister Faul ächzte und schloss die Augen.

Herr Geschäftig nahm die Trillerpfeife an die Lippen.

„Wiiiiiiiiiiiiiiiiiiiiiiiiiiiiiiiiiii“, machte die Trillerpfeife.

„Wiiiiiiiiiiiiiiiiiiiiiiiiiiiiiiiiiii“, gellte die Trillerpfeife.

Mister Faul, der arme Mister Faul, fing an zu rennen.

Aber seine Beine wollten irgendwie nicht loslaufen.

Er öffnete die Augen, um nachzusehen, warum nicht.

Seine Beine liefen nicht los, weil er in einem Gartenstuhl saß.

Und von Herrn Fleißig und Herrn Geschäftig fehlte jede Spur!

Es war alles nur ein schrecklicher Albtraum gewesen.

Und die Trillerpfeife war der Wasserkessel, der in der Küche pfiff.

Mister Faul entfuhr ein tiefer Seufzer der Erleichterung.

Und er ging in die Küche und setzte sich, um zu frühstücken und über seinen Traum nachzudenken.

Aber ihr wisst, was als Nächstes geschah, oder?

„Aufwachen, Mister Faul!"

„AUFWACHENAUFWACHENAUFWACHEN!"

Keineswegs am Morgen.

Nein, am Nachmittag stehen sie dort auf!

Und eine Uhr in Dösland schaut tatsächlich so aus.

Weil alles so langsam geht, hat der Tag nur vier Stunden!

1
2
3
4

Diese Geschichte beginnt jedenfalls damit, dass Mister Faul tief und fest in seinem Bett schlief. In Dösland nennen sie das auch „nur ein kleines Nickerchen machen“.

Mister Faul verbringt ziemlich viel Zeit im Bett. Eigentlich ist es sein Lieblingsort.

Er öffnete die Augen und gähnte. Dann gähnte er noch einmal und – schlief wieder ein.

Später öffnete er die Augen wieder und gähnte.
Und gähnte noch einmal und schlief wieder ein.

Viel später stand Mister Faul auf und machte sich Frühstück.

Wir sagen Frühstück, aber es war längst Nachmittag.

Er setzte den Wasserkocher auf, um sich Tee zu machen. In Dösland braucht ein Wasserkocher zwei Stunden, bis er kocht.

Dann steckte er eine Scheibe Brot in den Toaster. Brot braucht in Dösland drei Stunden, um braun zu werden. Verbrannte Toastscheiben gibt es dort nicht!

„Ich bin Herr Fleißig“, sagte der eine.

„Und ich Herr Geschäftig“, sagte der andere.

„Kommen Sie jetzt mit“, sagte Herr Geschäftig ganz geschäftig.

„Sie können hier nicht den ganzen Tag auf der faulen Haut liegen“, fügte Herr Fleißig hinzu und half Mister Faul auf die Beine.

„Aber wer sind Sie denn?“, fragte Mister Faul.

„Wir sind Fleißig und Geschäftig“, antworteten die beiden.

„Oh“, sagte Mister Faul.

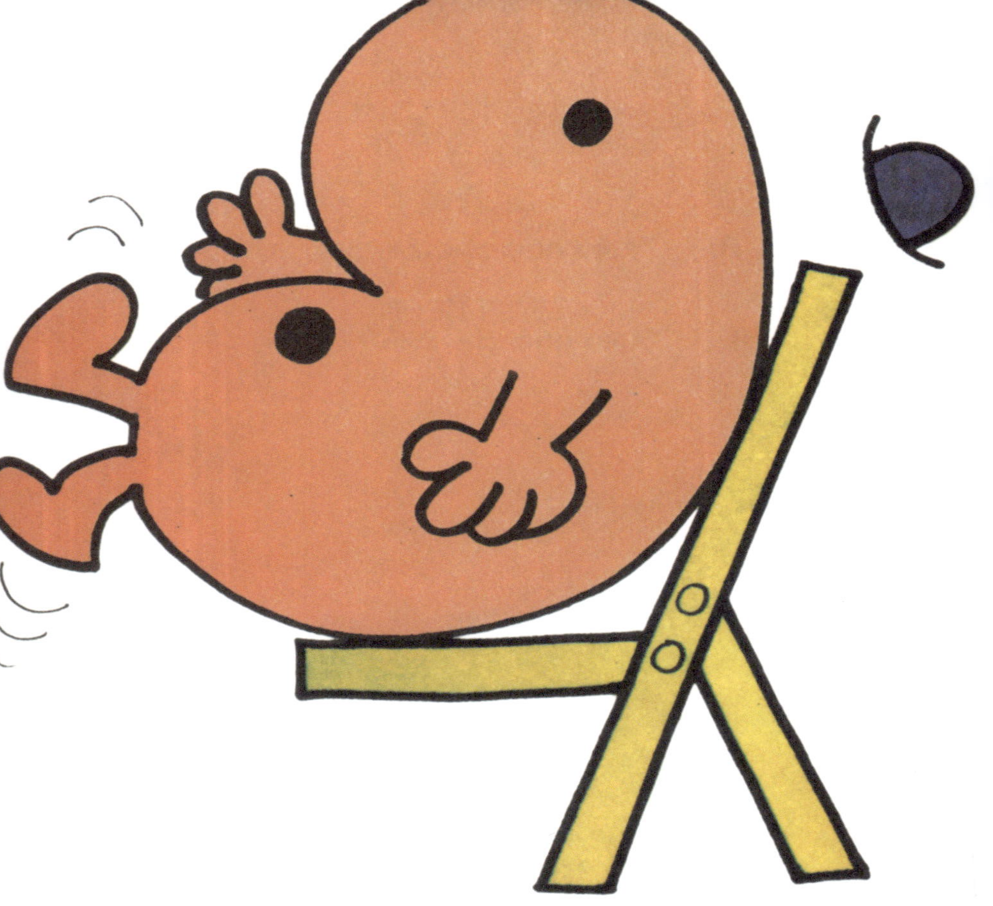

Plötzlich wachte er mit einem Ruck auf, was sehr, sehr selten ist bei Mister Faul.

Der Grund für sein ruckartiges Erwachen war der Lärm.

„AUFWACHEN!“, sagte der Lärm.

„AUFWACHENAUFWACHENAUFWACHEN!“

Zwei Männer standen vor ihm.

Während er wartete, bis das Wasser kochte und das Brot getoastet war, ging Mister Faul in den Garten des Gähn-Häuschens – so heißt nämlich sein Haus.

Er setzte sich auf einen Stuhl. Und ihr könnt euch sicher vorstellen, was als Nächstes passierte.

Genau! Er gähnte, gähnte noch mal und dann schlief er ein.

„Jetzt kommen Sie mit“, sagte Herr Fleißig. „Wir haben nicht den ganzen Tag Zeit!“

„Aber …“, entgegnete Mister Faul.

„Da hilft kein Aber“, sagte Herr Fleißig. „Und auch kein Wenn“, fügte Herr Geschäftig hinzu.

„Das Holz ist zu hacken, die Betten sind zu machen, die Böden sind zu wischen und Kohle muss geholt werden, die Fenster sind zu putzen, die Teller zu spülen und die Möbel abzustauben. Das Gras muss man mähen und die Hecke schneiden und Essen muss man kochen!“

„Und die Kleider muss man flicken“, ergänzte Herr Fleißig.